KB272251

새벽은 찾아온다

새벽은 찾아온다

백만섭 시집

좋은땅

저자 소개

백만섭

거창고등학교 졸업

중앙대학교 약학대학 졸업

중국 하북의과대학 중의학원 졸업

(전) 백약국 경영

(현) 서산시인회 회원

개인 시집 『마음속 섬 하나』

『바래지 않는 그림』

『좁고 가파른 층층대』

공저 시집 『시인 & 서산』

거의 왔다고 짐작은 하지만
어디쯤 왔는지는 모릅니다.

마지막 가는 길 앞에 놓인 시간을
시 쓰기로 채우고 있습니다.

별로 달라진 게 없는 시집을
또 한 권 내놓으면서
이래도 되나, 하는 생각이 듭니다.

2026년 3월

백만섭

차례

1부 | **내일이 있어 삽니다**

1부

내일이 있어 삽니다

입춘 무렵

잊지 못할 곳이 있습니다

개구리헤엄을 배우기 시작할 무렵

얼음이 녹으면서
시원하게 흘러내리는
맑은 물줄기

은빛 깃발
힘차게 거슬러 오르던 앞강

지금은
헤어져 있어 더 그리운

내일이 있어 삽니다

꽃이 피는 기다림으로 살다가
아쉽게 떠나면
무성한 잎사귀들은 그리움으로 삽니다

과일이 제빛으로 익는 반가움으로 살다가
장작불에 데워진 아랫목이 부러워 찾아오는
겨울을 맞듯

나를 사랑하는 사람과 같이할 수 있는
봄 여름 가을 겨울

내 이력서

첫 직업은
화물자동차 운전수였습니다
두 번째는
약국을 경영하는 약사였습니다
그런데 웬 시 이야기냐고요
세 번째는 시인이 되는 겁니다
시집을 세 권이나 출간하고
시를 쓰고 있으니
시인이 아닌 것도 아닙니다
생업인 약국을 접고
팔십 중반을 넘어 시를 쓰기 시작하여
지금은 구십이 넘었으니, 앞으로
다른 직업을 갖는다는 것은
불가능해 보입니다
그러니까 시 쓰기는
내 마지막 하는 일이 되는 겁니다

내게 시가 무엇이냐고

시를 왜 쓰느냐고 물으면

마지막 가는 길에

길동무라고 말합니다

그래서 저세상 문을 열고 들어설 때까지

내 이력서의 마지막 줄입니다

새벽은 찾아온다

어머니와 단둘이 사는 어린 저를
품에서 떼어 놓은 당신은
누구입니까

대답이 없는 줄 알면서도
묻고 있습니다

막막한 길 위에서
시간을 넘기며
눈물은 내려놓고 있습니다

한낮이 지워지고
겹겹이 좁혀 오는 밤의 소리
그걸 또 견디기 어려워
눈을 감고 잠들기를 기다리는데
찾아온 것은 새벽이었습니다

한 사람의 삶이 어떤 의미로 남는지

없는 것이, 없다는 책을 펼쳐 보아도
그리움이 없는 사람이 있다는 말은 없다

있는 것을 없던 걸로 할 수는 없다

슬프다고 그리움을 없던 걸로 할 수는 없다

그리움과 슬픔이 짝을 지어 나를 들여다본다

네가 있어 내가 변하고 있다는 것을

새로운 것이 만들어지고 있다는 것을

삶을 따옴표 안에 집어넣고 물음표를 붙인다

한 사람의 삶이 어떤 의미로 남는지 묻는다

바다

처음엔 잔잔함이었습니다

그다음엔 무서운 깊이였습니다

속살을 더듬다 빠져들어 허우적거리고 있습니다

당신의 깊이에서 벗어날 수 없습니다

부엌살림

빙판에 미끄러져 발목에 골절상을 입은 아내가 누워 있
는 창밖에 봄이 왔다 뒤늦게 철이 드는 나는 누워 있는 아
내 대신 부엌에 들어가 쌀을 씻어 안치고 된장을 풀어 두
부와 애호박을 넣고 끓인다 가스레인지에 올려놓은 된장
찌개 보글보글 끓고 있는 부엌, 아내의 지문이 묻어 있는
밥그릇 국그릇으로 밥상을 차린다

거기쯤 있다고 믿기에

악몽을 꾸었다

떨어지지 않으려고 안간힘을 쓰지만
입학시험에서 떨어지고
취직 시험에서 떨어진다

본능처럼 떨어진 자리를 밟고
다시 기어오른다

내 삶이
거기쯤 있다고 믿기에

본능

양지바른 비탈에 있다

산자락 돌무덤 밑에 있다

새털구름을 찾아가는 바람에 있다

흐르는 강물에 있다

밤하늘 가득한 별들 사이
검은 구름 속에 있다

미처 생각하지 못한 일

형이 울면
어머니 품에 안긴 동생이
따라 우는 소리

이웃집 개가 짖으면 우리 집 개가
따라 짖는 소리

먼 데서 들려오는
닭 우는 소리에 우리 집 닭이
따라 우는 소리

어스름 저녁 인기척에 끊겼다
다시 우는
논 개구리 우는 소리

미처 생각하지 못한 일이

일어나는 소리

귀에 남아 우는 누군가의

울음소리

어느 날 아침

시구詩句가
백지 위를 헤맨다

이런저런 궁리는 잠자리에 들고

겨우 아침에서야 줄기가 잡혀
컴퓨터 앞에 앉는다

금세 이야기는 도망가고 하얀 화면이
나를 쳐다본다

쿠쿠가 "맛있는 취사를 시작합니다"
아침 인사를 한다

아픈 마음

의사소통이 원만하지 못한 딸이 방에서만 지내고 있다
열이 나고 기침을 하면서 가래를 뱉는다 독감이 걱정되어
내일은 병원에 가자고 하니 안 가겠다고 머리를 흔든다 그
러면 안 된다고 하니 엄마는 괜히 나만 미워해 어둔하게
말을 더듬는다 딸의 말에 마음이 멍멍해진다

가족 간병

살기 좋은 세상이라 하는데
낯설기만 하다

아들 며느리는 이른 새벽에
직장으로 나가고

내 시중을 들어주던 아내는
병석에 누워서 일어나지를 못한다

아내의 손을 잡고
얼굴을 본다
잠이 들었는지 반응이 없다

너무 멀리 왔나 보다

꽃잎의 가벼움

제 무게를 못 이기고
떨어진다

그렇게 저를
내려놓는다

나는
어느 가벼움으로 살아가야 하나

일상

소화제를 먹어도 속이 그득하여 걸어 본다 꺼억 트림이
난다 다리가 아파 주저앉아 테레비를 본다 여자 아나운서
의 말이 너무 빨라 어느 나라 말인지 알아들을 수 없다 자
막도 너무 빨리 지워져 따라 읽을 수 없다 칼싸움하자고
보채던 손자는 다 커서 학교에 가고 막걸리 먹으러 나오라
고 전화하던 친구도 지난해 내 곁을 떠났다 저녁에 큰딸이
와서 거르지 말고 먹으라고 약을 챙겨 놓고 간다

시를 읽는다

서성거리다가
아무 시집이나 펼쳐 들고
시를 읽는다

멍하니 앉아 있다가
아무 시집이나 펼쳐 들고
시를 읽는다

명상에 들었다가
아무 시집이나 펼쳐 들고
시를 읽는다

외로움

혼자 걸어서 집으로 가는 길

길가 나무들이 자기 그림자를
거두어들이고 있다

새들은 재잘재잘
잠자리에 모여 앉아 낮에 있었던 일을
이야기한다

돌의자에 앉아
누군가 옆에 와 앉을 것만 같아
자리를 뜨지 못하고 있다

어디로 가는지 알 수 없는 차들만이
헤드라이트 붉은빛을 따라 흐르는
시간을 삼키고 있다

코스모스

허리가 가늘고 키가 큰 소녀가
한적한 시골 길가에 자리를 잡고
누군가를 기다린다

늦가을 비에
속절없이 젖으면서
완행버스 오는 쪽을 바라본다

저녁 늦게 동내로 들어오는 버스는
길가에는 눈길도 스치지 않고 지나간다

바람이 그녀의 손을 잡고
어깨를 토닥인다

살아가는 길

비가 오는 날도 눈이 내리는 날도
낯선 길을 걷고 또 걷는다

걸으면서 입은 상처는 아물지 못하고
흐르는 피를
배고픈 짐승이 되어 핥고 있다

지붕이 되어 줄 만한 곳을 찾아
오늘도 걷는다

추석 전날 저녁

객지에 나가 사는 동생네 식구들이
도착하지 못하고 있다

어머니는
차례 음식을 만들면서 연신
걱정하신다

어둠이 먼저 찾아온 저녁 어머니는
달을 쳐다보시고

감나무 가지에 걸터앉은 달은
동생네 식구들을
마중 나간다

청국장 먹는 날

일주일에 하루
아르바이트하는 날
점심으로
행복한 식당
청국장을 먹는다

보글보글 끓는 청국장 속
하얀 두부

이내 겨울 고향집 아랫목으로
젖어 든다

마음을 쓰고 있다

첫눈에 들어오는 패랭이꽃

사랑하는 사람을 기다리는지
땀마저 말라 버리는
뙤약볕을 머리에 이고
자리를 뜨지 못한다

지구라는 행성에서의 사랑을 잊지 못해
그러나 보다

나는 잊지 못할 아름답던 것들과
헤어져야 할 마지막 일에
마음을 쓰고 있다

친구

오랫동안 소식이 끊겼던 친구를
아침 바쁜 출근길에 만났다

안부를 묻는 둥 마는 둥 나누고
헤어지면서
몸이 불편한 친구에게
안부 전해 달라는 부탁을 받았다

종일토록 일에 시달리다 파김치가 된 몸이
잠자리에 쓰러진다

잠이 들려는 순간
친구의 부탁이 잠을 쫓는다

시간의 족쇄

나는 개인 화물차 조수였다
밥 먹고 오줌똥 누고 자는 기간만
내 시간이고
나머지는 일하는 시간이다

그래도
그땐 남이 다 부러워하는 직업이었다

요즈음 나는 정규직 사원이다
하루 8시간
월요일부터 금요일까지
시간을 쪼개 최대치의 생산력을 뽑아내는
현대문명의 음모에 갇혀 있다

도망칠 수 있는 탈출구는 어디에도 없다

2부

눈 녹은 물

눈 녹은 물

버들강아지 피는 산골짜기에서 태어나 고리버들 무성하게 늘어진 큰 물줄기를 따라 하구에 들어섰습니다

눈앞을 가로막은 바다는 내게 와 알 수 없는 깊이로 출렁입니다

나는 이제 바닷물이 되어 까마득한 수평선을 향해 파도칠 겁니다

시詩를 써 놓고

웬 낯선 사람이
해 넘긴 헌 옷을 입고 서 있습니다

분출하는 붉고 푸른 소리 하나
들리지 않습니다

사람들이 귀 기울이는
들풀의 단어를 찾아 유목의 길을
떠납니다

흔들리는 것은

나뭇가지가 흔들리는 것은
까치가 앉았다 날아갔기 때문이다

까치는 흔들리는 나무에는
집을 짓지 않는다

내가 흔들리는 것은
당신이 집을 짓지 않고 떠났기
때문이 아니다

내 안에 있는 내가 흔들리기 때문이다

벚꽃길에서

4월이 무르익는 벚꽃길을 밀차를 밀고 나들이 나온 젊
은 여인

어린이가 줄어들었다는 신문이나 텔레비전 소식은 사실
이 아닌가 보다

경로당에 나오지 못하는 친구의 건강을 생각하며 밀차
속 어린 아기의 미소를 생각한다

사람에 막혀 멈춰 서서 뒤돌아보니 밀차 속에는 방긋 웃
는 아기가 아니라 밀차에 서서 벚꽃을 구경하는 여인의 반
려견이었다

옥상屋上

봄바람이 스쳐 지나간 자리에
여름 불볕이 내려와 쉬었다 저녁이면
되돌아간다

그뿐 아무도 관심이 없다

고향집 앞마당은 가을이면
타작마당이 되었다가도 봄이 오면
채소밭이 된다

스티로폼에 흙을 담아 올려놓고
고향집 채소밭을 심는다

무논

요만한 논배미라도 있었으면 하던
어머니 소원

방아깨비 뛰고
참개구리 논으로 뛰어든다

이슬 맺힌 볏잎이 햇살에 빛나고
벼 포기 사이에 집을 지은
황산적늑대거미
오늘 아침도 반긴다

우렁이 거머리 물땡땡이 공생하는
어머니 소원이던 논에
눈물이 고인다

잠 못 이루는 밤이면

다하지 못한 말을 그림으로 그리다
잠 못 이루는 밤이면
상처가 아문 그물로
당신을 눈에 담고 있습니다

그 많은 별 중에
둘이 있다 돌아온 나만을
내려다보는 당신을

목화 농사

목화밭이 온통
하얀 솜꽃으로 덮이면

어머니는
목화밭으로 가셨다

활줄을 튕겨 목화를 타서
뽑은 실에 풀을 먹여 도투마리에 감으면

어머니는
윗목 베틀에 앉아 계셨다

지금은 어머니 어디 계시나
목화 농사 다 지었는데

오늘 밤 쓰는 시

잠자리 날개처럼 가벼워진 삶이 되어서야
이름만 생각해도 내가 행복해지던
사랑하면서도 사랑을 주지 못한 이야기를
봄에 쓰고 여름에 보태 쓰고 가을에도
다 쓰지 못하고 접어 두었던
종이를 꺼내 함박눈이 내리는 밤
새벽 세 시가 넘도록
쓰고 있습니다

세상에 대한 기록

삶은 세상에 대한 기록이다

그 많은 비슷비슷한 기록들

버려야 할 것에 밑줄을 긋고
어둠을 거두어들이는 새벽처럼
지워 본다

하지만 이것이
충분한 해답이 아닌 것 같아 나만이
타고난 삶이 있나 싶어 오늘도
찾아 나선다

얽힌 생각

가족 묘지를 만들려고 한다

아내와 아이들 생각이 엇갈린다

아내는 화장하지 않고

살던 동네 남산에 묻히겠다 하고

아이들은 후일

객지에 나가 사는 손자들이 자주

찾아오겠느냐고 한다

지근지근 골치가 아파 산에 올라

마을을 내려다본다

궁리 끝에 아들 생각을 따르기로 한다

얽힌 생각을 상한 무 잘라 버리듯 잘라 버리고

산에서 내려와 막걸리 한 병을 다 먹고

참았던 오줌을 본다

아아 시원하다

진실

사랑합니다

혼잣말을 합니다

정말로 사랑하나 자문하면서

사랑이 무엇인지 모르면서

그래도 사랑하느냐고 물으면
사랑한다고 말할 겁니다

재미齋米도 불전佛錢도 아닌 것을

　태안泰安 흥주사 오르는 길옆에 흡사 남성 성기 닮은 혹
달린 은행나무 한 그루 서 있다 앞에는 돈 통을 만들어 놓
고 안내판에 돈을 넣고 아들 낳기를 소원하면 아들을 낳는
다고 적어 놓고 있다 재미齋米도 불전佛錢도 아닌 것으로 인
간의 간절함을 이용하는 상술을 생각한다 높은 토방 위에
앉아 있던 요사채를 허물고 새로 지은 현대식 건축물이 싫
어 도망치듯 자리를 떠났다

골목 바람

기다리던 여름이 왔다

봄까지 껴입었던 옷을
훌훌 벗어 버리니
마음마저 가벼워진다

밤이 되면 땀에 젖은 몸이
모기의 먹이가 된다

모기장도 에어컨도 없는 방을 뒤로하고
밖에 나오면
골목을 지나온 바람이
마주 앉는다

해질녘 풍경이 된다

옮겨 심은 어린 느티나무 훌쩍 자라
비를 맞고
바람에 잎들은 빗방울을
털어 내고 있다

까치 한 마리 푸드덕
날아간다

고난이 들렀다 가는
초연한 침묵

나는 목욕을 마친 아내의 손을 잡고
비 개인 해질녘 공원
풍경이 된다

북적대던 그리움

고모 삼촌 시집가고 장가드느라 북적대던 집 어머니 돌
아가신 앞마당에 뙤약볕만 가득히 내려앉는다 작달비 마
른 땅을 툭 툭 두드리면 먼지들이 흩어졌다 모여들듯 작달
비 지나가는 소리 사라지면 북적대던 그리움만 머문다

사람이 그립다

딸이 서비스센터 전화번호를 적어 놓고 갔다

테레비가 고장 나
서비스센터에 전화하면
전화한 사람의 말은 듣지 않고
1번을 눌러라 2번을 눌러라
3번을 눌러라 제 말만 하고 끊는다

기계가 하는 말을 알아듣지 못하는 나는
수화기를 내려놓지도 못하고
우둑하니 앉아 있다

망설임

골라, 골라, 마이크를 붙들고 외친다

장터 들어가는 길목 옷 가게
울긋불긋한 옷가지를 걸어 놓고
길손을 불러들인다

살아오면서 무엇인가를
골라 본 적이 없어 낯설다

옷을 잘 입어야
괜찮게 봐 주는 세상에서
어떤 옷을 입고 살아야 하나
입고 있는 옷을 만지고만 있다

서산 옥녀봉

산을 오른다

사람들은 오늘도
서왕모西王母의 선물을 받으러
옥녀봉을 오른다

무이산武夷山의 옥녀보다 더
청순한 서산 옥녀는 천의天衣를 벗고
시내가 내려다보이는 자리에 앉아 있다

산을 내려오는 사람들의 발에
힘이 실린다

외로움이 외로워서

골짜기로 스며든 물이 잔돌 틈을
흘러내리면

돌은 돌돌 울고
산 가재는 돌 밑에 숨어
눈물을 감춘다

산꽃도 골짜기로 내려와
외로움을 씻는다

외로움이 가만가만
외로움을 달래고 있다

너무 늦게 알았다

양파 껍질을 벗기고 썰다가
내게 아직
눈물이 남아 있다는 걸 알았다

식칼을 칼집에 넣고
도마를 치우고 나서
내게 아직
할 일이 많다는 걸 알았다

빈 솥에 쌀을 안치고
냄비에 물을 부어 된장을 풀고서야
부엌살림이 서툴다는 걸 알았다

식탁에 수저를 놓으면서
같이 식사할 사람을
생각한다

길을 익히고 있다

길이 낯설다

발자국이 모여 생긴 길
달구지가 지나가고
큰길이 되더니
자동차는
큰길 한가운데 제 길을 내고
달린다

옛길에 버릇이 든 나는
신호등 밑에 서서
새로 생긴 길을 익히고 있다

환삼덩굴

길가

자투리땅에 심었던

마늘을 뽑고

대파와 고구마를 심고

아침마다 물을 준다

안쪽에

탐스럽게 주렁주렁 매달린

오이 가지 고추

밭둑에

예리한 가시를

푸른 잎으로 감추고 있는

환삼덩굴을

복병처럼 키우고 있다

영풍창

팔봉산은 변함없이 푸르고 흐르는 물은 여전히 유유하다

피해 갈 수 없는 뱃길 안흥량을 피하려다 실패한 굴포^堀^浦의 아픔을 가로림만에 묻고 오랜 세월 세곡^{稅穀} 1,000섬을 실은 초마선^{哨馬船} 여섯 척이 경창^{京倉}을 오르내렸다는 창개는 죽은 듯이 누워 있다

아득한 옛길을 더듬어 찾아온 길손은 서해안에 둘밖에 없던 충청도 조운창^{漕運倉}, 바다를 그리워하다 밭둑에 들풀처럼 온기만 남기고 떠난 영풍창^{永豐倉}의 그림자만 보고 간다

3부

아내의 부탁

잠을 놓친 밤

별들이 문틈으로 들여다보는 밤
새우잠을 자는 아내의 굽은 허리에서
눈을 뗄 수 없다

내가 해 줄 수 있는 게 하나도 없는
이 세상에서 가장 긴 밤
정적의 끝에 서서 지나온 길을
보고 있다

굽은 허리
당겨 올 수 없는 젊은 날

절벽 앞에서
미안함이 겹겹으로 쌓이는 당신의 시를
쓰고 있다

아내의 부탁

— 여보 어깨 좀 주물러 줘요

언제부터 그랬는지 생각이 나지 않는다
요즘 들어 자주 그런다

가렵고, 저리고, 쑤시고 아픈 몸으로 오랫동안 가정생활
을 직선으로만 살아온 아내의 어깨를 주물러 주며 세월에
무심했던 마음의 각질을 긁어낸다

챙겨 주지 못한 미안함이
아내의 어깨를 떠나지 못한다

강물은 흐르면서

강물은 흐르면서
바위를 만나 소(沼)를 만들면
잉어가 모여들고
모래를 깨끗이 씻어 쌓아 놓으면
모래무지가 집을 짓는다
미끄러운 물돌을 여울에 깔아 놓으면
피라미는 여울물을 거슬러 오른다
강물은 그렇게 흐르면서
제 식구들 삶의 터전을 만들어 준다

생각

지나간 이야기 지나온 이야기 들을 다 집어삼키고도 수
평선 하나 내놓고 일렁이는 바다를 생각한다

겨우내 돌보지 못했는데 눈을 덮고 자란 청보리를 생각
한다

상처받으며 사랑하는 사랑을 생각한다

양털처럼 흰 아내의 머리카락을 쓰다듬는다 겨우 든 잠
을 깨운다고 투덜대는 불평을 생각한다

따뜻한 체온體溫 위에 손을 얹고 잠을 청할 때 나래를 접
고 꽃술에 내려앉은 나비를 생각한다

장가가서 마누라 치마폭에 감싸이면 사내구실 못한다던
어릴 적 어머니 말을 생각한다

작별

내가 좋아하는 그 카페에 가면
구석에 앉아 시를 쓰고 있는
네가 있어 좋았다

내가 좋아하는 그 카페에 가면
책을 읽다가도 앞에 와 앉아
이야기해 주던
네가 있어 더 좋았다

정말이지
내가 그 카페에 가지 못해도
행복했으면 좋겠다

친밀한 관계

7월 장맛비가 내리면서 반복되던
일상이 깨졌다

이삼일에 한 번은 불러내어 밥 먹고
술 먹다 취하면
할 소리 못할 소리 다 하는 친구

비가 그치지 않는다
우럭탕 끓여 놓고 막걸리 시켜 놓았으니
어서 우산 쓰고 나오라고 불러낸다

막걸리 대접에 부어 건네는 묵은 이야기가 반갑다

어머니와 나

책방 책상 위에
말라 버린 잉크병과 만년필이 놓여 있고

책상 서랍에는
손목시계와 라이터가 들어 있다

어머니는 틈만 나면
책방에 들어와
아버지 쓰던 물건을 만지고

나는 아버지 신의주동중 2회 졸업 사진을 꺼내 얼굴을
익힌다

그렇게 어머니와 나는
책방에 들어와 아버지와 같이
시간을 보낸다

가을의 길목

3부 아내의 부탁   79

마당에 떨어진 나뭇잎을 치웠다

암탉이 알을 낳으려 뒤뚱뒤뚱
들어온다

저녁 바람이 서늘해졌다
남아 있는 밭일이 지친 하루를 붙든다

당신의 빈자리

당신은 병원에 누워 있습니다

혼자 누워 있는 줄 알면서도
돌아누우면
당신이 있을 것만 같습니다

당신의 부재를
나는 채울 수 없습니다

이불을 끌어당겨 안아도
허전한 마음이
당신의 빈자리에
다리를 올려놓습니다

기억이 머무는 곳

끝내 머무는 곳이 있다 양지바른 곳에 눈이 녹는 겨울이
었다 꽃상여가 눈 치운 대문 앞에 놓여 있었다 나는 아무
것도 모르고 꽃상여만 구경하였다 내 나이 네 살이 되는
해였다 그해 철쭉이 피는 날 가족들은 아버지 무덤 앞에
앉아 있었고 나는 아버지가 보고 싶어 무덤 뒤 산신나무를
안고 울고 있었다 "저게 무얼 안다고" 하시던 할머니 말씀
이 아직도 귀에 머물러 떠나질 않고 있다

잡아 주는 손

외갓집 갈 때
다리가 아파 칭얼거리면 어머니가
잡아 주던 손

건널목으로 걸음을 옮기다
무릎이 시큰
통증이 와 멈칫 서는데 손자가
손을 잡아 준다

무심無心

그처럼 많은 비가 내리더니 흙탕물이

논밭을 덮었다

산 아래 아스팔트 길 위에

흙더미가 생기고

동네 앞에 서 있던 느티나무도

뿌리째 뽑혀 누워 있다

산사태에 파묻힌 집터 위를

보리잠자리 날고 있다

청혼

직장에서 가깝게 지내는 분이 있다
자판기 커피 두 컵을 받아 가지고
앞에 와 앉는다

늘어진 앞 머리카락을 쓰다듬어 올리고
힘든 일마다 거들어 주고
어려울 때마다 도와주어 고맙다는 말을
하다 말고 얼굴을 붉힌다

화장하지 않은 입술이 떨린다

첫 데이트

아무도 모르게 나서는 길
별이 눈치를 챘는지
눈만 깜빡인다
마음은 급한데
초승달 그림자에 발목이 걸린다
만나야 할 사람 얼굴만
어른거린다

꽃봉오리

이상하지 않은가, 삶이란 것이
나 자신을 붙들고
얼마나 많은 시간을 방황했던가

쌓이던 걱정이
하나둘 지나가고
새로운 꿈은 아주 선명한 의미로
자리 잡는다

너를 보면 살아갈 날들을 생각하게 된다

잊어버린 시간

우리 그이 거기 있느냐고
꼭두새벽 한밤중을 가리지 않고
전화한다

살아생전 끔찍이나 사랑해 준 남편을
찾고 있다

우리 그이 거기 있느냐고

꼭두새벽 한밤중을 가리지 않고
같이 보낸 시간을 찾고 있다

내 출근 시간

잠든 딸의 얼굴을 보고 나선 새벽길
짙게 깔린 어둠이 머물러 있다

길이 막혀 핸들이 초조해진다
반복되는 매일 아침

아침 해가 얼굴을 드러내기 전
도시의 중심을 향해 분주해지기 시작하는
하루의 시작 속에 줄을 선다

얻어먹은 국밥 한 그릇

상추 이파리 밑 등에
민달팽이 한 마리가
붙어 있다

얼른 떼어 놓았다
움츠렸던 민달팽이는 몸을 펴고
상추를 찾아 다시 기어오른다

어릴 적 배고플 때
얻어먹은 국밥 생각이 나
민달팽이가 자리 잡은 상추 이파리는
따지 않았다

할머니 감기약

감기약이다

처방전에 적힌
이름 김간난 성별 여 나이 94세
확인하고
복약지도를 마치고 나서
약값을 계산하였다

약값 냈다고 확인한
할머니는
종합감기약 한 갑을 더 달라고 한다

감기약을 조제하셨는데 또 뭐 하시게요
묻는 말에
"코로난가 해서 다녀왔지 감기약은
약국에서 파는 약이 잘 들어"

한다

막내아들 집에 얹혀 있다면서 앓아
눕지나 말아야지 한다

봄이 오는 길목

오지 말란다고 안 오고
오란다고 오는 봄이 아닌데
철들어 찾아와
겨우내 얼어 있던 아랫마을에 매화를
피운다

아지랑이에 취한 할미새 한 마리
갈아엎은 흙더미에 내려앉아
꼬리를 내렸다 들어 올리는
춤을 춘다

저녁 그늘이 그리워지는

구름 한 점 없는 8월 불볕

나비는 제 그늘을 끌고
꽃집으로 들어가고

무당벌레는
고추나무를 찾아
시들시들 늘어진 잎들 밑으로
몸을 숨긴다

생존을 위해 비껴 앉는
8월 불볕

계절이 제빛을 잃고 비틀거린다

2024년 가을
내 생애 처음 겪는 폭염이다

커튼을 거두고 창문을 여니
햇빛은 방으로 들어와
쓰다 놓은 시를 들여다보는데

텔레비전 화면에 들어온 벚나무는
꽃을 피우고
이파리는 제 나무를 푸르게 물들인다

소슬바람이 불면
절기를 잃은 꽃과 이파리들은
옆으로 비껴 앉고

나무는
자신의 고유한 빛깔로 되돌아올 것이다

내가 찾아가는 마을

가뭄에도 마르지 않는 물이 있다기에
물줄기를 따라 들어간다
깊이 들어갈수록 산은 우거지고
간혹 약초꾼을 만난다
내가 찾아가는 마을은 제일 높은
산을 넘어야 있는 첫 마을
장독대 옆 오디가 검붉게 익는 뽕나무가 있고
뒷밭에 앵두나무 자두나무 살구나무가 있고
앞마당 부추꽃 감자꽃 오이꽃 호박꽃
가을을 기다리는 강냉이 수수 기장이 자라는 곳
이들과 더불어
맑은 하늘을 바라보는 푸른 나무로 살리라

한눈팔지 말아

중앙대학교 약학대학 첫 수업

유기제약 강의 시간이다

아랫배가 무거워진다

고윤식 교수님께서는

수업 내내 흐트러짐이 없는 목소리다

화장실 가는 시간도 주지 않고

내리 세 시간

수업을 마치시고 나서야 칠판에

As you like

you may take your lunch

라고 써 놓고 나가신다

— 한눈팔지 말고

　　실습실과 강의실만 오르내려야 해

등굣길에 들려주던 고향 선배님의 말을

되씹어 삼키면서 허기진 배를 채웠다

아직도

그 말을 새기며 살고 있다

4부

가지 못하고 있다

가지 못하고 있다
— 정전 70주년 날

아직 길이 없어
고향에 가지 못하고 있다

창포 포기 밑 참붕어는 잘 있는지
버드나무 밑 웅덩이 버들치는 한가로운지
피라미는 냇물을 거슬러 오르는지 궁금해서
텔레비전에 귀 기울이니
꽝꽝 언 냇물이 녹지 않았다고 한다

별하고 같이 미역 감던 냇물이
얼어붙은 걸 보고 왔는데

칠십삼 년이나 넘게 세월이 흘렀는데

1950년 11월 4일

동틀 무렵
총소리를 벗어나려
짐승처럼 뛰고 뛰다가
어머니를 잃어버렸습니다

남쪽에 와 보니 어머니는
다시 갈 수 없는 곳에 계셨습니다

구십을 넘어선 내 나이 안에
어머니는
헤어질 때의 젊은 모습으로
먼저 와 계십니다

흑인 병사의 죽음

겨울바람이 모질게 분다 끝을 모르는 곳을 향해 걸어가
는 낯선 길목 부서진 소련제 탱크 미국제 트레일러가 누워
있다 논바닥 살얼음 위에 낯선 흑인 병사가 모포도 덮지
않고 누워 일어나지 못하고 있다 낯선 먼 나라 전장에서
떠나온 먼 길 되돌아가 어머니를 만나고 있나 보다

달빛이 얼어붙은 겨울밤

어디서 총성이 들릴지 모르는 전선

아직 벗어나지 못한 피난길
빠른 길을 택한다고 냇물을 따라 걷는데
바람이 앞질러 가고

목숨이 붙어 있는 것들은 어딘가
자취를 감추었다

침묵이 깔린 살얼음 위에 내려앉은
달빛은 얼어붙고

하늘엔 하얗게 질린 달이
울고 있다

전쟁은 말해야 한다

전쟁은 어린 제게서 몸 하나 남겨 놓고
모-든 것을 빼앗아 갔다

사람들은 가엽다고
전생에 무슨 죄를 지었길래
이야기들을 한다

전생에 무슨 죄를 지었는지 모른다
전생에 지은 죄를
이승에서 묻는다면 잘못된 것이다

까닭을 알 수 없는 죗값을
갚을 수는 없다

전쟁은 어린 제게서 몸 하나 남겨 놓고
모-든 것을 빼앗아 간 이유를
말해야 한다

퇴고할 수 없는 시

뒤란에

살구 열리는 걸 보았는데

살구가 노르스름히

익고 있는 걸 보았는데

살구나무가 보이질 않는다

내가 거기 살았다는 흔적은 없고

비문非文만 남아 있다

벌 나비 찾아오는

뒤란

살구나무로 남았으면

나무 위에

폭풍에 부러진 나뭇가지들이 서로
몸을 부딪치고 있다

눈을 맞으며 겨울을 이겨 낸
가지도 있다

가지에 새순이
꿈틀거린다

나무 위에 봄볕 내려앉는다

산다는 것

산을 넘어왔습니다
산만 넘으면 평지인 줄 알았는데
여전히 산길입니다

난데없는 절벽이 막아섭니다
절벽, 골은
너무 깊어 짐작이 안 갑니다

되돌아설 수 없는
산길을 갑니다

병상에 누워

마알간 유리창이
바깥세상을 가로막고 있다

붉은 불빛이 푸른 그림을 그린다
추억과 추억이 감쪽같이 이어진다
내 유년 시절이 활동사진처럼
떠올랐다 멀어진다

새 한 마리 날아 들어왔다 사라진다

상봉

― 엄마 내 엄마 맞아

"이산가족 상봉"을 보다
텔레비전 화면이 흐려지던 때가
엊그제 같은데

어머니 치맛자락을 놓지 못한 나는
아직도 상봉相逢, 말만 들어도
울컥해진다

죽기 전에 만날 수 없는
어머니

정전 70주년이 되는 날이다

미리 정해 놓은 것처럼

오늘도 또래 친구를 만나러

경로당에 간다

오월 난초 유월 목단

꽃놀이에 시간을 잊고 있다

시월 패를 만지고 있는데

11월이 오고 있다

세월이 내미는 손을 뿌리치지 못하고

무기력하게 잡는다

태천泰川골 동산몰 가는 길

동네 앞을 흐르는 옥계玉溪 둑길을 걸어 읍내로 들어선다
책보를 옆구리에 끼고 가는 곳이 조선말을 하면 벌을 받는
광화공립국민학교光化公立國民學校다 커 가면서 집으로 돌아
가는 길이 재배기를 넘으면 내가 자란 태천泰川골 동산몰
백씨 세거지世居地가 있다는 걸 알았다

지금은 서산瑞山에서 결혼하여 손자 손녀가 장가들고 시
집갈 나이가 되었으니 서산은 애들의 고향이 되었다

구십을 넘기고 새로 두 살을 더 먹는 줄 알았는데 벌써 2
월에 들어서서 음력설을 며칠 안 남기고 있다 고향에 돌아
가 아버지 어머님께 세배를 드려야 할 텐데 길이 막혀 가
지 못하고 있다

가을과 같이 살려고 합니다

산에서 내려온 바람이 밭둑을 지나갑니다

쑥부쟁이 두서넛 바람에 흔들립니다

콩밭에서 허리를 펴고 밭둑에 앉아 있는 나를 바라보던
어머니

가을과 같이 살려고 합니다

정情

병원에서 입원 치료를 마치고
비어 있던 시골집에 내려오니
대문 옆에 서서 나를 반기던 백목련
봄바람에 내려앉아
어젯밤 내린 비에 젖어 있다

빗자루로 쓸어도 잘 쓸어지지 않는다
붙들고 놓지 못하는 꽃잎을
제 뿌리 밑에 깊숙이 묻어 주고
돌아선다

저녁

바람이 몹시 부는지 구름이
바삐 지나간다

만행 나왔던 스님이
산을 오를 준비를 하고 있다

학교에서 돌아온 손자가
저녁도 거르고
학원에 간다고 집을 나선다

어미는 보송보송 마른빨래를 개어 넣고
부엌으로 들어간다

나는 지금 무엇을 하고 있나

그리워지는

끼니마다
아삭아삭 씹히는 소리가 좋아서
밥상에 앉으면
상추와 깻잎 위에 놓여 나오는 오이고추
접시를 앞당겨 놓곤 했는데
서리 내린 어느 날부터 아침 밥상에
오르질 않는다
기색도 없이 사라진 자리에 대신 나온
청양고추만 물끄러미 바라보다
상추 한 잎 집어 든다
오이고추가 그리워지는 아침
밥상

수복 직후 서울 방산시장

쌕쌕이가 할퀴고
불기둥이 주저앉은 자리
쌀가게 두어 집
허드레옷을 입고 쭈그리고 앉아 있다

밤의 그림자가 실려 나가면
가깝게는 이천 장호원
멀게는 충북 증평 내수에서 올라온 트럭이
쌀을 부린다

쌀가마니가 쌓이면
초췌한 얼굴들이 모여들고
새벽은 바빠진다

폭격에 부러진 버드나무 옆
국밥집 빈자리도 하나둘
채워진다

빗물

원래 투명해서
풀이나 나무로 스며들어
풀꽃으로 나무 이파리로 살고
짐승이나 사람 몸속으로 들어간 것들은
붉은 심장으로 산다

미처 땅속으로 배어들지 못하고
웅덩이나 논에 고이면
외로워서 방게 소금쟁이를 불러들인다
더러는 냇물로 강으로 흘러들어
물고기의 집이 된다

맡겨 놓은 거

"내 약 주세요"

"맡겨 놓은 약 있으세요"

"이거 다
내가 맡겨 놓은 거지 않아
필요할 때 돈 내고 가져가면 되지"

넉살 좋으신
약국 단골 할머니가 오셨다

"할아버진 안 오세요"

"저세상에 맡겨 놓았지
뭐 하러 다리고 다녀
속 썩이면서"

하기야 내 것인 것이 있기는

있는지

오십견

등이 가려워

효자손을 집어 든다

도움을 청해야 하는 나이가

되었나 보다

가동 범위가 좁아진 손은 어쩔 수 없이

효자손을 내려놓고

효자손을 닮은 친구를 찾는다

겨울을 나는 삶

가뭄이 들어 걱정이었는데
비가 오니 다행이다

장마 지기 전에 마늘을 엮어
걸어 놓아야 한다

자연의 섭리에 익숙해진 한 해
그리고 또 한 해

늦가을에 심고 겨울을 나는 삶을
아무도
쉽게 바꾸어 놓지는 못할 것이다

해가 질 무렵

시장에서
우럭 포 하나 사 들고
서산 버스터미널 쪽으로 걸어간다

ㄱ 자로 허리를 접은 할머니가
지팡이로 몸을 바치고
버스터미널 문을 밀친다

Cafe de Latte는 손님을 기다리고
신호등 붉은빛은
지나쳐 온 사람들을 붙들어 세운다

헤드라이트는 줄을 서서
눈앞 LED 전광판에 떠오른
대흥약국을 향해 달리고

나는 혼자 집으로 간다

내게 남은 시간

내 일생은 몇 시간일까?

24시간을 하루로 정해 놓은 세상에 갇혀 산다

끝도 시작도 없는 세상에 갇혀 산다

내가 차고 다니는 시계는 0시가 없다

매일매일 0시를 놓치고 내 시간을 살아간다

내게 남은 시간은 몇 시간일까

한 해의 마무리

시월이 내려앉으면

사람들 발길은 바빠진다

나뭇잎이 윤회의 길을 떠나면

11월은 시월을 주워 담고

12월은

봄을 잉태한 나목을 보듬는다

물소리로 노래하는 사랑의 실존주의자
— 백만섭 시인의 시 세계

이병철(시인·문학평론가)

1. 강물의 시학

강물은 흘러온 것이면서 흐르는 것이고 또 흘러갈 것이다. 강물은 과거와 현재와 미래가 공존하는 운동이다. 발원지에서 출발해 어제의 숱한 바위와 물굽이를 넘어 오늘의 하루를 여전히 흐르고 흘러 그 끝을 알 수 없는 내일로 간다. 그러므로 강물은 세월이라는 우리 삶의 시간과도 같다. 세월의 흐름 속에 있는 사람은 과거가 떼밀어 오는 끊임없는 물빛으로 자기 존재의 윤곽을 구성한다. 물빛의 윤곽, 그 투명한 몸은 상류에서는 푸릇하던 것이 하류로 갈수록 희끗하다가 기수역에서는 어두워진다. 무수한 것들로 채워지기도 또 전부 잃어버리기도 하면서, 한순간도 멈추지 않고 흩어져 간다. 윤곽에서 허공으로, 존재에서 부재로, 의미에서 무의미로.

늙음이 진정 슬픈 까닭은 모순적이게도 육체가 쇠락할수록 오히려 살아나는 기억의 선명성에 있다. "육신이 흐느적흐느적하도록 피로했을 때만 정신이 은화처럼 맑"(이상, 「날개」)다던 이상(李箱)의 패러독스는 증상적 발화에 가깝지만, 노쇠할수록 우리가 생생한 기억을 껴안는 것은 자신이 가장 행복했던 시간으로 가려는 인간의 근원의 회귀적 본능 때문이다. 세월의 탁류에 떠내려가면서도 우리는 투명한 햇살 속에 처음 발을 담그던 상류의 은빛 여울에 여전히 머물러 있다. 지금 고막을 집어삼키는 거친 물소리 대신 기억에 달그락거리는 옛날 잔물결의 조약돌 소리를 더 가까이 듣는다.

　　잊지 못할 곳이 있습니다

　　개구리헤엄을 배우기 시작할 무렵

　　얼음이 녹으면서
　　시원하게 흘러내리는

맑은 물줄기

은빛 깃발
힘차게 거슬러 오르던 앞강

지금은
헤어져 있어 더 그리운

—「입춘 무렵」 전문

백만섭 시인의 시에는 강물의 소리가 난다. 그 물은 거역할 수 없는 흐름을 지녔지만 시인은 모천회귀(母川回歸)하는 연어처럼 자기 기원을 향해 물살을 거슬러 오르려 한다. 구순(九旬) 지나 망백(望百)에 다다른 시인에게는 흘러갈 시간보다 이미 흘러온 시간이 무량하다. 그렇기에 백만섭 시인의 현존재를 구성하는 것은 주로 과거의 기억들이다. 서정의 근원적 원리가 '나'와 세계의 회감(回感)과 자기동일성을 통한 흘러간 것들의 복원 그리고 아스라한 기원으로의 귀환할 때 시인은 "내 나이 네 살이 되는 해" "그해 철쭉이 피는 날"(「기억이 머무는 곳」)과 "외갓집 갈 때/ 다리가 아파 칭얼거리면 어머니가/ 잡아 주던 손"(「잡아 주는 손」)과 "어릴 적 배고플 때/ 얻어먹은 국밥"(「얻어먹은 국밥 한 그릇」)의 기억을 되살려 "구십을 넘어서는 내 나이 안에" "헤어질 때의 젊은 모습으로/ 먼저 와" 계신 "어머니"(「1950년 11월 4일」)에게 닿으려 한다.

하지만 시인의 회언은 현재를 부정하고 미래를 회피하기 위한 과거 집착이 결코, 아니다. 과거에 대한 기억은 현재를 긍정하며 나아가 미래를 기대하고 신뢰하게 하는 힘이 된다. 혹자는 구순을 넘긴 노시인에게 어떤 미래가 있느냐고 반문할지 모른다. 시인 역시 "지금은 구십이 넘었으니, 앞으로/ 다른 직업을 갖는다는 것은/ 불가능해 보입니다"(「내 이력서」)라고 말하며 인생의 종착이 임박했음을 인정하고 있다. 그러나 백만섭 시인은 "있는 것을 없던 걸로 할 수는 없다"고, "슬프다고 그리움을 없던 걸로 할 수는 없다"고 말하며 오늘의 자리에 지나간 아름다움과 뼈아픈 후회를 부려 놓지 않겠다는 의지를 분명히 나타낸다. 그 자신이 살아 있는 한 "한 사람의 삶이 어떤 의미로 남는지" 아직 확정되지 않았다며 "새로운 것이 만들어지고 있다는 것"(「한 사람의 삶이 어떤 의미로 남는지」)을 믿어 의심치 않는다.

강물은 흐르면서

바위를 만나 소沼를 만들면

잉어가 모여들고

모래를 깨끗이 씻어 쌓아 놓으면

모래무지가 집을 짓는다

미끄러운 물돌을 여울에 깔아 놓으면

피라미는 여울물을 거슬러 오른다

강물은 그렇게 흐르면서

제 식구들 삶의 터전을 만들어 준다

—「강물은 흐르면서」 전문

　　앞서 인용한 「입춘 무렵」의 강물이 "잊지 못할 곳"을 향해 흐르는 과거 지향인 데 비해 위 시의 강물은 현재진행형이면서 "제 식구들 삶의 터전"을 예비하는 미래지향적 성향까지 보인다. 흐르는 것은 흘러온 것을 이미 포함하고 있기에 잉어와 모래무지와 피라미를 위해 헌신한 강물의 운동은 가장으로 오랜 세월 살아온 시인의 생애 전체를 함축하는 자연의 은유가 되기도 한다. 결국 과거의 기억들을 향한 호명은 그 지나간 장면들의 총합인 현재의 자신을 긍정하는 것이며, 아직 경험해 보지 못한 나중 일들을 헤아리기 위한 일종의 중간 정산인 셈이다. 그렇기에 시인은 망백에도 여전히 "내일이 있어 삽니다"(「내일이 있어 삽니다」)라고 말할 수 있다.

2. 실존주의자의 불꽃

가족 묘지를 만들려고 한다
아내와 아이들 생각이 엇갈린다
아내는 화장하지 않고
살던 동네 남산에 묻히겠다 하고
아이들은 후일
객지에 나가 사는 손자들이 자주
찾아오겠느냐고 한다
지근지근 골치가 아파 산에 올라
마을을 내려다본다
궁리 끝에 아들 생각을 따르기로 한다
얽힌 생각을 상한 무 잘라 버리듯 잘라 버리고
산에서 내려와 막걸리 한 병을 다 먹고

참았던 오줌을 본다

아아 시원하다

—「얽힌 생각」 전문

　팔순이 지나 미수(米壽)쯤 되면 사람들은 아직 살아 있음에도 마치 생을 다 산 것처럼 내생(來生)과 피안(彼岸)에 대해 이야기한다. 그것을 미래라고 믿으면서 현생에서의 내일은 무의미한 잉여 시간으로 여긴다. 위 시에서 '아내'와 '아이들'이 "가족 묘지"라는 삶 이후의 비가시적이고 비물질적인 세계에 온통 집중하는 동안 시인은 살아 있는 사람들의 세계인 "마을"을 내려다본다. 그러고는 "산에서 내려와 막걸리 한 병을 다 먹고/ 참았던 오줌을 본"다. 아직 당도하지 않은 죽음에 대한 생각에 사로잡혀 삶 너머만을 바라보고 있는 가족들과 달리 시인은 "막걸리"와 "참았던 오줌"이라는 실제적인 육체적인 이 삶의 욕망을 충실히 실행한다. 그리고 그 결과 "아아 시원하다"라는 행복감을 만끽하게 된다. 니체는 『차라투스트라는 이렇게 말했다』에서 "헛되이 공중으로 날아간 덕을 다시 이 대지 위로 데려오라. 몸과 삶이 있는 곳으로 다시 데려오라"고 역설한다. 구원과 천국 등 볼 수도 없고 만질 수도 없는 관념적 세계 대신 감각적 현실을 온몸으로 살아내는 사람. 자기 존재의 한계를 무기력하게 수용하는 대신 비록 패배와 몰락이 예정돼 있을지라도 끝까지 삶의 가치를 스스로 탐구하는 사람. 죽음이 두려워 하늘의 내세관으로 도피하는 대신 죽음마저 삶의 일부로 받아들이고 이 땅에 발붙인 채 최선을 다해 사는 사람. 그가 바로 니체가 말하는 초인(超人)이며 실존주의자다. 그러니까 우리는 지금 만 90세의 실존주의자가 치열하게 써낸 삶의 기록을 읽고 있는 것이다.

> 빙판에 미끄러져 발목에 골절상을 입은 아내가
> 누워 있는 창밖에 봄이 왔다 뒤늦게 철이 드는
> 나는 누워 있는 아내 대신 부엌에 들어가 쌀을
> 씻어 안치고 된장을 풀어 두부와 애호박을 넣
> 고 끓인다 가스레인지에 올려놓은 된장찌개 보
> 글보글 끓고 있는 부엌, 아내의 지문이 묻어 있
> 는 밥그릇 국그릇으로 밥상을 차린다

—「부엌살림」전문

실존주의자에게는 일상의 세속과 평범함마저 시적 장면이 된다. 위 시에는 현란한 수사나, 시적 기교, 문학적 공작성이 전혀 끼어들어 있지 않다. 그저 봄날 부엌의 풍경을 소묘하고 있을 뿐이지만 곡진한 감동을 빚어낸다. 구체적 삶의 체험과 진정성이 담겨 있는 까닭이다. 메를로 퐁티는 "신체는 자연적 자아이자 말하자면 지각의 주체"라고 했는데, 몸으로 감각되는 현실에 충실한 시인에게는 "쌀을 씻어 안치고 된장을 풀어 두부와 애호박을 넣고 끓"이는 일이 그 어떤 기도나 수행보다 숭고하기만 하다. 하물며 그것이 "누워 있는 아내"를 위한 거룩한 밥상 차림일 때 시인은 "온몸에 의한 온몸의 사랑"(김수영)임을 그 자신의 온몸으로 뜨겁게 발화한다.

처음엔 잔잔함이었습니다

그다음엔 무서운 깊이였습니다

속살을 더듬다 빠져들어 허우적거리고 있습니다

당신의 깊이에서 벗어날 수 없습니다

—「바다」 전문

　물론 노년의 일상이 유쾌하고 평온하지만 않다. 아무리 생을 긍정한다 하더라도 "아들 며느리는 이른 새벽에/ 직장으로 나가고// 내 시중을 들어주던 아내는/ 병석에 누워서 일어나지를 못하"(「가족 간병」)고, "막걸리 먹으러 나오라고 전화하던 친구도 지난해 내 곁을 떠나"(「일상」)는 쇠락과 소멸의 풍경 앞에 먹먹한 허기를 느끼는 일이 다반사다. 시인은 "길가 나무들이 자기 그림자를/ 거두어 들이고 있"는 모습에 자기 존재를 투영하면서 "어디로 가고 있"(「외로움」)는 걸 하염없이 바라본다. 어디로 가는지 알 수 없는 혼란감과 시간에 대한 상실감을 노년기의 자연스러운 죽음 의식을 불러일으킨다. 그리하여 쓸쓸해지기도 하지만 실존주의자인 시인에게는 아직 도달하지 않은 죽음에 대한 관념보다 "흐르는 피를/ 배고픈 짐승이 되어 핥"(「살아가는 길」)는 현생에의 의지가 더 맹렬하다. 시집의 몇몇 대목에서는 1930년대 미당이 추구한 "고열한 생면 상태"를 연상시키는 장면들이 있다. 위의 시 「바다」에서 "속살을 더듬다 빠져들어 허우적거리"는 육체적 정념. "당신의 깊이에서 벗어날 수 없"는 환락적인 연정은 청춘의 패가망신하는 상사몽(相思夢)이 아니고 무엇이란 말인가.

영화 〈반지의 제왕〉에서 '빌보배긴스'는 130세의 나이가 무색하도록 정정한데 '절대반지'를 늘 지니고 있는 것이 장수와 젊음의 비결이다. 백만섭 시인이 여전히 현역으로 젊은 언어와 감각을 토해 낼 수 있는 것은 자기 내부의 심연에서부터 존재를 고취시키는 절대반지의 불꽃이 활활 타오르고 있기 때문이다. 그 절대반지는 바로 시다. 시는 새로움과 낯섦, 미지와 우연을 향해 기울어지는 언어 양식이기에 시를 향한 백만섭 시인의 열정은 "잔잔함"과 "무서운 깊이"를 가늠할 수 없는 예측 불가능성의 세계를 끊임없이 지향한다. 니체가 또 말하지 않던가. "춤추는 별을 낳으려면 인간은 자신 속에 혼돈을 간직하고 있어야 한다"고, "잊지 못할 아름답던 것들과/ 헤어져야 할 마지막 일에/ 마음을 쓰고 있"(「마음을 쓰고 있다」)는 시인은 평생을 흐르고 흘러 마침내 "내게 와 알 수 없는 깊이로 출렁"이는 바다 앞에 서 있다. 그 바다는 얼핏 강물의 종착점으로 보이지만 "나는 이제 바닷물이 되어 까마득한 수평선을 향해 파도칠 겁니다"(「눈 녹은 물」)라는 시인의 선언은 소멸이 아닌 새로운 창조를, 이제껏 다다른 적 없는 더 큰 세계로의 이동을 예고하고 있다.

3. 비움의 에크리튀르

옮겨 심은 어린 느티나무 훌쩍 자라
비를 맞고
바람에 잎들은 빗방울을
털어 내고 있다

까치 한 마리 푸드덕
날아간다

고난이 들렀다 가는
초연한 침묵

나는 목욕을 마친 아내의 손을 잡고
비 개인 해질녘 공원

　　풍경이 된다

──「해질녘 풍경이 된다」전문

시 쓰기를 통한 세계 인식의 쇄신과 지평의 확장은 '비움'이라는 최우선 과제를 수행할 때 비로소 가능해진다. 이번 시집에서 백만섭 시인이 "나 자신을 붙들고/ 얼마나 많은 시간을 방황했던가"(「꽃봉오리」)를 토로하면서 시종일관 "나는/ 어느 가벼움으로 살아가야 하나"(「꽃잎의 가벼움」) 고민하는 것 역시 그가 비움을 의식하는 까닭이다. 그런데 시인이 이토록 골몰히 천착하는 비움은 단순히 망백의 나이에 자연스레 여생의 미련이나 욕심을 내려놓는 태도로 보이지 않는다. 롤랑 바르트가 『글쓰기의 영도』에서 강조한 '영도(零度)의 에크리튀르(ecriture)'는 기존의 모든 의미 체계가 해체되어 무한한 새 이야기가 시작될 수 있는 열린 글쓰기의 지점이다. 사전에서 '영도'는 "온도, 각도, 고도 따위의 도수(度數)를 세는 기점이 되는 자리"라고 명시되어 있다. 백만섭 시인은 아흔 해 평생 경험과 학습으로 내면에 채워 온 관념과 이미 그리고 고착된 언어와 감각들을 다 비워 내고 그 자리에 낯선 느낌들과 새로운

사유를 채워 넣으려 한다. 그리고 끝끝내 "버려야 할 것에 밑줄을 긋고/ 어둠을 거두어드리는 새벽처럼/ 지워"(「세상에 대한 기록」) 보는 부단한 탁마를 통해 "잠자리 날개처럼 가벼워진 삶이 되어서야/ 이름만 생각해도 내가 행복해지던/ 사랑하면서도 사랑을 주지 못한 이야기를"(「오늘 밤 쓰는 시」) 쓸 수 있게 되었다.

"나는 목욕을 마친 아내의 손을 잡고/ 비 개인 해질녘 공원/ 풍경이 된다"는 위 시의 문장은 자기 존재를 비움으로써 탈주체, 탈영토에 성공한 신유물론 시대 포스트휴먼의 아름다운 고백이다. 인간 중심의 근대에서 벗어나 더 이상 인간이 주체가 아닌 세상, 풀 한 포기와 나무 한 그루, 고양이와 들쥐와 벌레 들, 나아가 인공지능마저 저마다 주체가 되는 세상이 바로 신유물론의 지향하는 포스트휴먼 세계다. 타자를 경유하여 타물에 기대어, 너를 통해서 나를 확립하는 것은 전통적 서정 원리이다. 이 과정에서 타자적 대상은 김춘수의 '꽃'처럼 '몸짓'이라는 잠재태의 기의를 상실하고 '꽃'이라는 확정된 기표가 되어 주체의 자기성찰을 촉발시키는 도구로 전락하기도 한다. 하지만 백만섭 시인의 새로운 서정에서 주체의 감관은 타자와 부딪치는 반동을 거쳐 반드시 나로 돌아오는 완고한 메아리가 아니라 타자의 세계와 그 세계의 다채로운 변주를 있는 그대로 비추는 온화한 빛이 된다. 나를 비운 자리에 타자를 받아들이는 것을 넘어서 한없이 가벼워진 유동성으로 아예 타자에게 내가 다가가 그에게 흡수, 동화된다. 너를 통해 익숙한 나의 세계를 재확인하는 대신 낯설고 신비한 너의 세계로 즐거이 나아가는 이 조화와 상응의 아날로지 속에서 시인은 기꺼이 "해질녘 풍경이 된"다. 그러니까 백만섭 시인의 시 세계는 20세기를 온몸으로 통과한 근대의 실존주의자가 21세기 신유물론 시대의 포스트 모더니스트로 변모해 온 과정인 셈이다.

4. 무논을 향해

요만한 논배미라도 있었으면 하던
어머니 소원

방아깨비 뛰고
참개구리 논으로 뛰어든다

이슬 맺힌 볏잎이 햇살에 빛나고

벼 포기 사이에 집을 지은

황산적늑대거미

오늘 아침도 반긴다

우렁이 거머리 물땡땡이 공생하는

어머니 소원이던 논에

눈물이 고인다

—「무논」 전문

　그런데 바닷물이 되어 까마득한 수평선을 향해 파도치
겠다던 시인의 실존이 향하는 곳은 정작 '무논'이다. 비움
을 통해 가벼움과 유동성을 획득한 그가 광활한 바다 대
신 작은 논배미로 흘러간 까닭은 무엇일까? 그 동기를 "어
머니 소원"으로 함의되는 과거 자기 기원으로의 회귀로
읽는다면 백만섭 시인의 시는 상투적 서정에 그칠 것이
다. 그러나 시인에게 무논은 존재의 시원(始原)으로 상징
적 바다, 상징적 우주라 할 수 있다. 바다에 비해 지극히
작고 보잘것없지만 "우렁이 거머리 물땡땡이 공생하"는

삶과 죽음의 축제 현장이라는 점에서 무논은 하나의 우주다. 스스로 강물이 되어 평생을 흘러온 시인은 이 무논의 현상학을 통해 조화와 상응, 유대와 공존, 이해와 사랑을 노래한다.

무논은 끊임없이 숨 쉬며 변화하는 유기농과 발효의 세계다. 웅덩이는 고여 있는 것 같으나, 그 고인 물과 진흙에는 죽음과 부패만 있는 것이 아니라 그것을 자양분 삼아 새로 태어나는 유기물과 미생물이 있다. 무논은 유기물과 미생물 들이 발효와 부패를 거듭하는 조화로운 생태계다. 생명의 징후와 예감으로 우글거리는 태초의 대지이자 삶과 죽음의 상호작용하는 세계, 신생과 소멸의 반복이라는 리듬으로 화음을 이룬 하나의 우주다. 도시 문명의 미친 속도로부터 멀리 떨어져 느린 삶을 영위할 수 있는 곳, 삶과 죽음이 살갑게 이웃하고, 인간과 자연이 조화를 이룬 곳, 나의 죽음마저 흙의 질서로 편입되어 새로운 탄생을 예비하는 과정임을, 자연과 우주의 일부가 되는 통과 의례임을 기꺼이 받아들일 수 있는 곳, 그곳이 바로 무논이다.

다시, 서정이란 주체가 세계와 합일하거나 화해하는 상태다. 결국 서정은 타자와의 화해와 합일, 조화와 균형의 감각을 주체에게 내면화한다. 서정이 순간이 우리 안에 충만해질 때, 우리는 '나'라는 개인이 홀로 존재하는 개별자가 아니라 우주 자연의 모든 타자들과 관계 맺는 유기적 존재임을 확인하게 되며, 그때 비로소 자기중심적이고 즉자적인 세계 인식에서 벗어나 타자 지향적이고 대자적인 성숙한 인격으로 전향할 수 있게 된다. 에마뉘엘 레비나스는 "타인의 얼굴과 만나는 것은 특별한 초월의 경험과 경이로운 무한 관념의 계시를 가능케 한다"고 했다. 시인은 이 세계의 사물들과 끊임없이 관계 맺는 자여야 하고 시 쓰기는 그 관계 맺기의 미학적 실천이어야 한다.

무논은 무엇이든 되어 준다. 하늘을 담으면 하늘이 되고, 수양버들을 담으면 수양버들이 되고, 소금쟁이 발끝에 매달린 둥근 파장을 은하수로 빛내 주기도 한다. 무논처럼 백만섭 시인은 자신을 비운 자리에 해질녘 풍경과 황산적 늑대거미와 우렁이 거머리 물땡땡이와 어머니 눈물을 담는다. 가만 귀 기울여 보니 백만섭 시인의 시에서 나는 강물 소리는 자신을 비워 내는 낙수 소리가 아닌가. 황금빛 이삭이 물결치는 가을 논에서 물 빠지는 그 소리는 어머니 태 속의 양수 소리 같기도 하고, 백 년을 흘러 영원으로 가는 여울물 소리 같기도 하다. 하지만 가장 생생한 건 세

숫대야에 아내의 발을 씻어 주는 오늘 저녁 뭉클한 사랑의 물소리다. 현재진행형의 물소리로 시인은 끊임없이 새롭게, 새롭게 흐르는 중이다. 백만섭 시인의 시를 읽는 지금, 그 고요하고 맑은 물소리가 우리 가슴에 푸르디푸른 빛으로 지저귀고 있다.

65년 이어진 인연과 추억들

— 역경을 넘어 포기를 모르는 인물 백만섭

정진석(한국외국어대 명예교수 · 언론학)

대학 시절의 우정

1964년 아마 2월 마지막 날, 나와 백만섭은 거창에서 버스를 타고 상경길에 올랐다. 버스는 웅양의 우두령 고개를 넘어 김천에 도착했고, 그곳에서는 완행열차로 바꾸어 타고 서울로 왔다. 거창에서 서울까지 대전-통영 고속도를 이용하는 직행버스가 운행된 것은 그보다 수십 년이 훨씬 더 지난 뒤였다.

서울 도착 이틀날은 3.1절이었고, 우리는 아마도 그다음 날 흑석동 중앙대학교로 가서 입학시험을 치렀다. 나는 문리대 영문과, 백만섭은 약학대학이었다. 약대는 중앙대학에서 가장 입시 수준이 높았고 뿐만 아니라 전국적으로

도 커트라인이 최상위권이었다. 취업이 어려웠던 당시로서는 졸업 무렵 약사 국가시험에 합격하면 약국 개업을 할 수 있는 전공이었기에 요즘 의과대학 입시와 비슷한 인기 학과였다. 백만섭은 그 어려운 관문을 뚫고 입학했다.

남다른 경력을 지닌 그가 어떻게 공부해서 중앙대학에서 가장 커트라인이 높은 약대에 합격했는지 나는 잘 모른다. 월남 후 입주가정교사를 하며 공부하여 어려운 전공을 택했다는 사실이 신기했을 따름이었다. 한참 나중에, 수십 년 세월이 흐른 후, 백만섭의 오랜 인연으로 보면 아주 최근에야 그의 시집에 실린 이력을 보고 안 사실은 만주 출생으로 평안북도에서 중학교까지 졸업했다는 것이 월남 이전 그의 경력이었다.

압록강까지 북진했던 국군이 중공군의 개입으로 후퇴하던 1950년 11월 4일. 17세 소년은 단신으로 월남했고, 가족과 생이별한 채 남한에서 고교를 거쳐 대학을 졸업했다는 것이다. 어린 나이에 상상하기 어려운 역경을 이겨 낸 의지의 사나이가 아닐 수 없다. 나는 그의 고향이 북한이라는 사실만 알았지 자세한 내력은 몰랐고, 알려고 하지도 않았다. 절친한 친구의 지난 이력까지 굳이 알아야 할 필요는 없었기에 물어보지도 않았고, 그가 들려주지도 않았기 때문이다.

실은 나도 고등학교 2학년 때에 왼쪽 대퇴부 고관절 질환으로 학업을 중단했다가 3년 늦은 나이로 대학에 겨우 입학한 처지였다. 대학 진학이 늦었다는 점에서 백만섭과 나는 비슷한 처지였지만 백만섭은 남한에서는 중학교에 다니지도 않았으니, 머리가 나보다 훨씬 뛰어났다고 인정하지 않을 수 없었다.

우리는 시골에서 함께 올라와 같은 대학에서 공부했지만, 완전히 다른 길을 걷게 되었다. 새 학기가 4월에 시작되던 시절이었는데 입학 3주도 되지 않았던 4월 19일, 학생혁명이 터졌다. 대학은 혁명의 열기로 들떠 있었다. 아직 대학 생활이 무엇인지도 모르던 우리 신입생들도 덩달아 흥분이 가라앉지 않은 상태로 술렁이는 사회 분위기에 휩싸이게 되었다.

중대신문 기자에서 언론인으로

대학 1학년 2학기가 시작되던 때에 나는 '중대신문'의 기자가 되었다. 중앙대학에는 국내 두 번째 신문학과가 설립되어 있었다. 첫 번째 신문학과는 홍익대학이었는데 5.16

후 대학 구조조정 때에 홍익대학 신문학과는 중앙대학에 통합되었기 때문에, 중앙대학 신문학과는 국내 유일의 4년제 신문학과였다. 언론학의 개척자라 할 수 있는 곽복산 교수, 한국 신문사 연구에 독보적 업적을 남긴 최준 교수가 자리 잡고 있었다. 4.19 후 신문 발행이 자유로워진 상황에서 '중대신문'도 주간 발행을 단행하였는데 나도 그 신문의 공채에 합격하여 매주 지급되는 수당을 받아 학비와 잡비에 적지 않은 도움이 되고 있었다.

백만섭은 입학 직후부터 중학동 어느 집 입주 가정교사로 국민학생을 가르치고 숙식을 해결하면서 공부하고 있었다. 당시 시골 출신 대학생 가운데는 입주 가정교사가 많았다. 나도 2학기부터 가정교사를 하면서 중대신문 기자를 겸하는 생활 때문에 전공과목 공부에는 소홀하지 않을 수 없었다. 다른 학생들보다 바쁘기는 했지만, 바쁘다는 것은 핑계였을 뿐이고 나는 '기자'라는 허영심에 들떠 공부에 힘을 쏟지 않았음을 뒤늦게 후회했다.

이런 환경에서 백만섭과 나는 힘들게 대학 4년 학업을 계속하고 있었는데 백만섭은 가끔 중대신문에 시를 실어 달라고 내게 들고 오기도 했다. 약학대학에 다니면서도 시를 쓰겠다는 마음은 포기하지 않고 있었던 것이다.

1964년 2월 나와 백만섭은 중앙대학을 함께 졸업했다. 졸업 후 우리는 한동안 떨어져 지내는 환경에 놓였다. 나는 다행히도 KBS 구내에 있던 공보부 산하 '방송조사연구실'에 공채로 입사했다. 그런데 급료는 생활급에도 미달한 상태였다. 당시 공무원들의 월급은 대체로 그런 수준이었고, 별정직 공무원이었던 우리는 월급이 정식 공무원보다 높다고 했는데도 생활급에 미달할 정도로 궁핍해서 다른 입사 동기들 모르게 나는 자취생활을 하지 않을 수 없었다.

아버님께서는 내가 졸업할 무렵에 거창 대성중학교 영어 교사 자리를 약속받아 놓고 있었다. 나는 전공과목 외에 따로 교직과목을 이수하고 교생실습까지 마쳐서 중학교 2급 정교사 자격이 있었다. 아버님께서는 내가 고향에서 안정된 교사 생활을 하기를 바라셨지만 나는 서울에서 버티다가 1965년 1월부터 월급이 약간 더 많은 한국기자협회 편집 간사로 자리를 옮겼다. 연구실 입사 동기들은 대부분 KBS, MBC, CBS 등 방송계로 발탁이 되었지만 나는 '기자협회보' 편집 간사로 전직한 것이다. 중대신문 기자 4년 동안에 익힌 나의 편집 기술이 큰 자산이었다. 실은 첫 직장이었던 방송조사연구실에서도 '방송'이라는 월 3회 발행 순간(旬刊) 신문의 취재와 편집을 맡았던 경력도

있었기에 기자협회보의 편집 간사로 취재와 편집을 무리
없이 수행할 수 있었다.

영문학, 국문학, 언론학, 역사학

기자협회로 직장을 옮긴 이유로는 다른 목적도 있었다.
그해부터 나는 중앙대학교 대학원에 진학했는데, 월간이
었던 협회보 편집은 대학원 공부를 할 시간이 어느 정도
허용되었다. 나는 중앙대학교 입학 때부터 소설가를 꿈
꾸고 있었기에 국문학과로 원서를 내려고 마음먹고 있었
다. 그런데 병석에서 3년을 허송하는 동안 경북대 사범대
학 국문학과에 먼저 진학했던 절친 신중혁이 자기가 국문
학을 전공해 보니 영문학과에 입학해도 문학 공부는 얼마
든지 가능하고 장차 취직에도 유리할 것이라는 말을 듣고
영문학과에 지원했던 터라 대학원은 원래 희망했던 국문
학과를 택한 것이다. 대학원 국문학과에는 중대신문 한 해
후배인 임헌영이 먼저 진학해 있었다. 임헌영은 대학원 재
학 중인 1966년 문학평론가로 등단하여 지금은 민족문제
연구소 소장으로 널리 알려진 문단의 거목이 되었다.

나는 대학원 국문학과를 수료하면서 연구 테마를 역사

소설로 정하고 석사논문을 준비하다가 또 한 번 전공을 바꾸었다. 이번에는 내가 일하고 있는 분야인 언론학이었다. 서울대학교에는 신문대학원이 개설되어 현역 언론인들과 대기업 홍보업무에 종사하는 실력파들이 몰려들어 학위과정을 밟고 있었다. 그래서 나는 국문학을 포기하고 언론학으로 전공을 바꿔 1974년에 서울대학교 대학원에서 언론학을 전공하여 2년 뒤 1976년 언론학 석사학위를 받았다. 나는 이처럼 영문학-국문학-언론학을 거치다가 1985년 런던대학교 정경대학(LSE로 약칭하는 명문)에서 역사학을 전공했다.

우리나라에서는 같은 분야서 한 우물을 파는 전공자를 높이 평가하는 추세지만 서양에서는 다양한 여러 분야에서 연구한 사람이 더 좋은 이미지를 갖는 것 같기도 하다. 그래서 나는 문학(중앙대 대학원), 언론학(서울대 대학원), 역사학(런던대 정경대학 School of Economic & Political Science-LE. Dept. of International History. 박사)을 전공했음을 자랑스럽게 여긴다. 1978년 1월 나는 관훈클럽 초대 사무국장에 임명되었다가 1980년부터 한국외국어대학 언론학 교수가 되어 2004년 2월에 정년퇴직했다. 벌써 21년의 세월이 흘렀다.

내가 이런 식으로 학문적 편력과 직장을 옮기고 다니는 동안 백만섭의 인생도 바뀌고 있었다. 그는 내가 기자협회 재직 때에 결혼했다. 어느 해인지 확실하지는 않은데 결혼 직후 부인과 함께 광화문에서 청계천이 시작되는 근처 어느 음식점에서 식사했던 기억이 있다. 부인은 초등학교 교사로 재직 중이라고 들었다. 백만섭은 결혼 후 서산에서 약국을 개업했고 그사이 어느 때였는지 중국으로 건너가 한의학을 공부하고 돌아왔다고 했다. 평안북도에서 어린 나이에 월남하여 고등학교와 대학을 마치고 아무런 연고가 없던 서산으로 내려간 것만으로도 남다른 경험이었는데 거기서 멈추지 않고 중국까지 가서 한의학을 공부했다니 놀라운 일이었다. 어느 해 차를 몰고 서산으로 가서 당일치기로 그를 만나고 서울로 돌아왔던 일도 있었다.

그런 다음 어느 해에는 백만섭이 구반포 나의 아파트를 방문한 적도 있었고, 딸의 결혼식에 내가 하객으로 참석했던 일들이 두서없이 떠오른다. 그리고 서로 연락이 끊어진 상태로 꽤 긴 세월이 흘렀다. 내가 외국어대 교수로 재직하다가 정년퇴직한 지 한참 지난 어느 날 백만섭이 외대 언론학부에 전화를 걸어 나의 전화번호를 문의했다기에 나는 바로 통화했다. 내 전화번호를 모를 정도였으니 서로 연락이 끊긴 지 오랜 시간이 흘렀던 것이다.

우리는 이리하여 다시 소식을 주고받기 시작했다. 그 직후였던 2021년 10월 23일, 나는 '우보 민태원학술제'에 발표자로 초대되어 서산으로 차를 몰았다. 언론인이자 문인이었던 『청춘예찬』의 작가 민태원에 관한 논문을 들고 백만섭의 제2 고향으로 간 것이다. 백만섭은 그 지역의 유지였다. 놀랍게도 그는 젊은 시절부터 꿈꾸어 왔던 시인이 되어 있었다는 사실이다. 그는 우리가 대학입시를 치르러 처음 서울로 올라오던 때에 품었던 문학의 꿈을 아직도 간직한 채 여러 권의 시집을 출간했던 것이다. 김유석(문학평론가·시인)은 "고통스럽고 대하드라마 같은 산문이 삶을 보듬으며 도달하려는 정결한 시(詩) 정신을 발견한다"(2집 『바래지 않는 그림』 '해설: 존재의 시적 개화(開花)와 사랑의 완성')고, 평가한다. 이 같은 평은 일찍이 문학의 꿈을 접은 나 같은 늙은이가 할 수 있는 말은 아니다.

우리의 65년 넘는 길고 긴 우정은 서로 다른 길을 걸으면서도 끊겼다가 이어지기를 되풀이하면서 다시 이어져 왔다. 인생의 황혼에서 돌이켜 보는 아름다운 추억이다.

사진: 중앙대 본관 앞에서. 오른쪽 백만섭, 중앙 정진석,
왼쪽 약대 동기 강원대 전 약대 학장 주왕기.

새벽은 찾아온다

ⓒ 백만섭, 2026

초판 1쇄 발행 2026년 3월 30일

지은이   백만섭
펴낸이   이기봉
편집   좋은땅 편집팀
디자인   Aiden Lee
마케팅   Belcuore
펴낸곳   도서출판 좋은땅
주소   서울특별시 마포구 양화로12길 26 지월드빌딩 (서교동 395-7)
전화   02)374-8616~7
팩스   02)374-8614
이메일   gworldbook@naver.com
홈페이지   www.g-world.co.kr

ISBN   979-11-388-5502-0 (03810)